子ども　詩のポケット　36

さくらとトンボの国から

池田あきつ

さくらとトンボの国から

もくじ

Ⅰ　さくら

Ⅱ　季節はうつる

Ⅲ　トンボたち

Ⅳ　水の生き物

Ⅴ　吹雪のやんだ夜

Ⅰ　さくら

桜《さくら》の花《はな》のさくころは

桜《さくら》の花《はな》のさくころは
花がさくのにふさわしい
雲《くも》のいろ
空のいろ
日のひかり

桜の花のさくころは
花がさくのにふさわしい
風《かぜ》のにおい
こずえのにおい
土のかおりです

桜の花のちるころは
花がちるのにふさわしい
雲のいろ
空のいろ
日のひかり

桜の花のちるころは
花のちるのにふさわしい
風のさざめき
光《ひかり》のわらい声《ごえ》
小鳥《ことり》のやさしいさえずりです

（詩と童謡の校長歳時記Ⅱ　２００２年に掲載）

さくら咲いた日

さくら咲《さ》いた日　春うらら
朝の光に　さくらの花は輝いて
青空の裾《すそ》を　飾るように
さくらのこずえが　囲みます
うらうらと　春の朝日がのぼります

さくら咲いた日　風うらら
やさしい風が　吹いてゆく
草の芽たちも　枯葉の間にもえだして
道を　帯のように飾ります
風の香りも　花の色に染まります

さくら咲いた日　日がうらら
春の日ざしの　やわらかさ
さくらのこずえに　飛んできた
小鳥の群れが　花の影にかくれても
小鳥の歌が　明るくひびきます

さくら咲いた日　空うらら
空には　花の光が満ちていて
地上は　明るい花影もよう
みつばちが　羽音をたててゆく
人の波が　こずえの下を通ります

さくら咲いた日　野はうらら
ひばりの声が　空から落ちてくる
畑では　立ちはたらく人の影
ひばりの鳴く音《ね》も　いそがしい
小川の流れが　日ざしに光ります

さくらの花は　笑いたい

さくらの花は　わらいたい
なんだか　とっても　わらいたい
みんないっしょに　さいたから
空いっぱいに　さいたから
春　春　春
春いっぱいに　さいたから

さくらの花は　わらいたい
おおきく　おおきく　わらいたい
どのこずえにも　花がさき

こずえは大きな　花たばに
春　春　春
春をあかるく　してるから

さくらの花は　わらいたい
心のそこから　わらいたい
さくらの花が　さいたから
さくらの季節に　なったから
春　春　春
春がもうここに　きてるから

花あかり

さくらの花の　咲いた夜
こずえを　空にさしたように
夜空にうかぶ　花あかりです
明るくもなく　暗くもなく
重さもない　もののように
空にだかれて　ういている

うすく白い　花かげは　闇の色に
染まっても　夜の闇も消せなくて
じっと見ていると
春の夜空に　浮かんでみえる
かすみかかって　いるような
さくらの花の　ほのかな明かりです

さくらの花　ちっています

さくらの花　ちっています
花びらは　風にのり
さら　さら　さら
風といっしょに　歌っています
花びらの　小さな声が
耳をすませば　聞こえてきます
さら　さら　さら
さくらの花びらの　うたう歌

さくらの花　ちっています
花びらは　光のなか
きら　きら　きら
光といっしょに　踊っています
小さいちいさい　花びらの
みじかい　命のかがやきが
きら　きら　きら
まぶしく　まぶしく　光ります

さくら　ちる　ちる

さくら　ちる　ちる
この夕ぐれに
花びらは　どれも　夕日に
紅色《べにいろ》に　そまりながら
花びらどうし　手を
つないでいるように　つらなって
さくら　ちる　ちる
この夕ぐれに
なにかに　わかれを　つげるよう
春の光が　ちってゆく

さくら　ちる　ちる
この夕ぐれに
雨とも　雪ともかわらない
花びらの　ちりかたは
春のうれいが　ふるように
さくら　ちる　ちる
この夕ぐれに
なにかに　わかれを　つげながら
今年の春が　ちってゆく

II　季節はうつる

早春の林

早春の林では
こずえの　どの小枝の上の面《めん》も
うっすらと　緑色が　染めています
しばらくすると　それが
芽生えと　見分けられるようになります
小枝の上辺《うわべ》の　小さな芽たちは
さ緑色の小鳥たちが
肩をそろえているように　整列し
今年の春の　おとずれに
真っ先に　応《こた》えるように

冷たい風にゆれて
春の一番はじめの　話をしています
小枝のうえに　浅緑色《あさみどりいろ》の飛べない
小鳥たちが　そろうと
林は　わずかに　にぎわいを増《ま》して
春が　林の入口あたりに
来ている気配《けはい》がします

春は　鏡が光ったように

鏡の表が　ぴかっと
光ったように
ある日　春がきています
明るい　ふんい気が
あたりを　うめていて
今日が　春の
最初の日のように　光っています

鏡の表が　ぴかっと
光ったように

ある日　春になっています
春の日は　春の日ですと
言うように
冬の日とは　面《おも》がわりした
春の日が　明るんでいます

鏡の表が　ぴかっと
光ったように
ある日　春がきています
レースの　カーテンも
しゃれた感じに　風にゆれていて
春のきていることが
夢のように　思えます

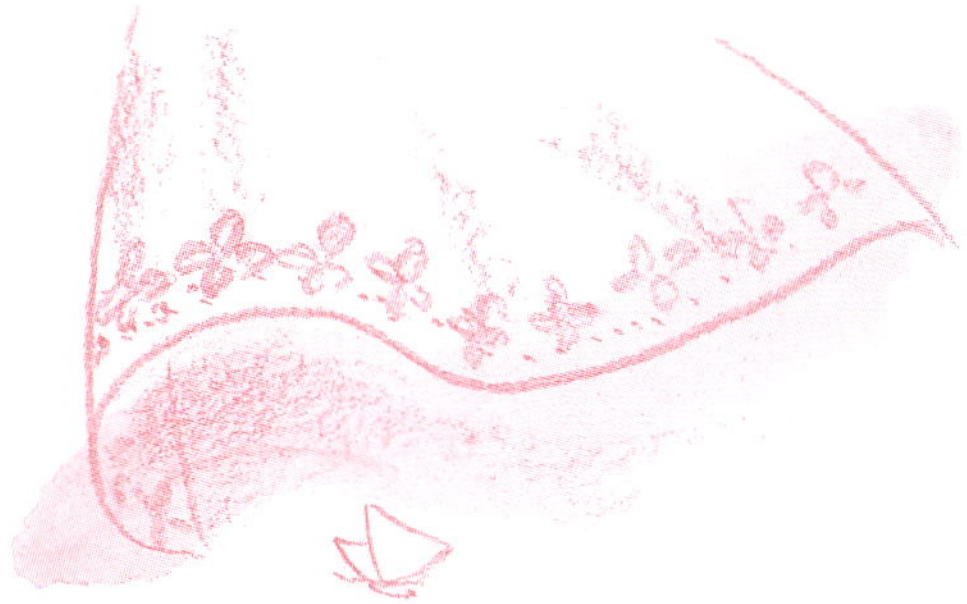

春のレストラン

春の　道ばたは
春の　レストラン
たんぽぽが　黄色いお皿を
つぎつぎに　ならべます
きているお客は　ハチでしょう
ブンブン羽音を　たてながら
皿から皿へと
ごちそうを　もうたべています
春の　道ばたは
春の　レストラン

すみれが　紫色のコーヒー
カップを　ならべています
コーヒーカップは　ゆれてます
風に　きれいに　みがかれて
香りにひかれた　虫たちが
あじ見をしたいと　よってきます

春の　道ばたは
春の　レストラン
れんげの花が　春の光で
お菓子を　作ります
ポップコーンのような　花びらは
赤い色して　おいしく　ひかります
早くたべたい　蝶々も
羽根をひらひら　きています

春は　いっち　に

春は　いっち　に
草の芽が　いっち　に
そろって
いっちに　いっちにと
でてきます

春は　いっち　に
木の芽が　いっち　に
つづいて
いっちに　いっちにと
ならんでいます

春は　いっち　に
花が　いっち　に
いっしょに
いっちに　いっちにと
さきだします

春は　いっち　に
いっち　に　いっち　にと
やってきて
いっちに　いっちにと
さってゆきます

（現代少年詩集２００３年、詩と童謡の校長歳時記Ⅳ　２００３年、おんどくの森１　２００９年に掲載）

春が　ぽかぽか　来ています

春が　ぽかぽか　来ています
あたたかい　お日様がつくる
小さな葉っぱや　こずえの
木もれ日が　ゆらゆら
地面でゆれています

春が　にこにこ　来ています
お日様のんびり　照っている
落ち着いて　いられない
蝶々は　つぎつぎに　花の数
かぞえながら　飛んでいます

春が　ぽかぽか　来ています
あたたかい　お日様が
コートをぬごうと　言っています
いっしょに　歌おうと
こずえで　小鳥がよんでいます

春が　にこにこ　来ています
川では　小さな魚たち
そろって　散歩をしています
のどかな　水の流れです
のどかな　水の光りです

春は去る

春は去る　小鳥のように
うしろ影さえ　見せずに
あっと言う間に　とんでゆく
小鳥のように　やってきて
小鳥のように　春が去ってゆく
あとに　小さな花びらを　散らしている

春は去る　小鳥のように
小さな　羽根を光らせて
去った小鳥は　もうもどらない

春がいなくなった　小さな悲しみを
花びらといっしょに
あとに　散らして　春はさっている

春は去る　小鳥のように
小さなさえずり　ひびかせて
まだまだ　春だと思わせて
季節を大きく　動かして
桃色の空の春は　さっている
若草のなかに　いくらかの花びらを残して

（少年詩の学校２　２００８年に掲載）

五月　とくべつな月

五月　とくべつな月
冬はとっくに　過ぎさって
やわらかな　光のなか
つつじの　赤紫の花が咲ききそう
五月　ああ　とくべつな月が
豊かに　かがやく

五月　とくべつな月
輝く光は　こずえにみちて
草は豊かに　風にゆれる
こずえを　草の群れを
小さな花が　かざり
日陰の　どくだみの　白い花

五月　とくべつな月
いちばん　木の葉がかがやく時
照り映える　緑の色のつややかさ
かるい風にも　葉はゆれて
葉ずれの音が　過ぎてゆく
らんまんの　光のなかで
五月は　緑にもえている

五月　とくべつな月
緑の色の　かがやきに
今は　夕ぐれの日がさして
空も樹上《じゅじょう》も　夕ぐれ色にそまってくる
赤々とした　光のなかで
はなやかに　しずかに
五月の日は　暮れかかる

夏が去る

夏がさる　このさびしさは
絵日記の　さいごの頁
その頁を　めくると
うら表紙の　固い紙があらわれる
去っていった夏
もう　プールに行く　日もなくて
手足には　はがれかかつた
日焼けの皮が　残っている

夏がさる　このさびしさは
お菓子の箱にいれた　昆虫採集
こがね虫の　背中は光っていても

もう　ほかの虫の　足はとれている
夏の空が　去ってゆき
あたりには　あまり虫も見かけない
わずかな数しか　いない
昆虫の採集箱では
虫ピンの頭が　ひかっている

夏がさる　このさびしさは
上手にできない　宿題の紙の工作
のり付けした　紙の一部が
もう　はがれていて
上には　ほこりものっていて
古くなった　作品のように
なっている
夕暮れの風が　涼しく
部屋のなかを　吹きぬける

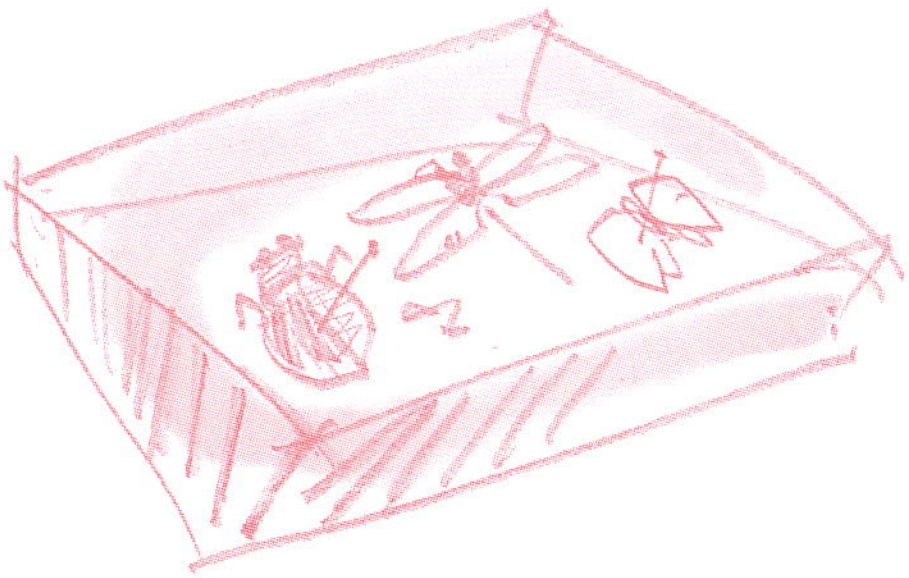

秋の林

木の葉が　色づくと
こずえは　明るく輝きだし
空が　ひときわ　あかるくなる
こずえのなかで　光は
斜めに射し　また逆の方向へと
すべり台のように
光の方向を　つぎつぎと
変えながら　下りてゆく
こずえの中で　木の葉の集団と　光は
いくつもの　おだやかな　光だまりを

わずかに　高さをかえ
色と光の濃淡《のうたん》をかえて　作っている
ときどき　吹いてくる風に
こずえの光たちは　遊んでいるように
少しずつ　あちらがゆれ　こちらがゆれ
根元の　木《こ》もれ日《び》のなかに　おちてゆく

秋の野にすわって

やさしい光になった空
川辺にすわり　釣りをつづけていると
いきなり　小鳥の大群が　頭上に現れ
空に投げあげられた　投網のように
群れは　広がっては　つぼまり
広がっては　つぼまりを　くり返しつつ
空を　素早く　縦横《じゅうおう》に移動してゆく
やがて　川向こうの
地平線の空まで　飛んでゆき
小さな小さな　一群れとなって

一直線に　ときには　曲線状に
地平の下へと　落ちてゆく
と、かなたの空に
また　一握りの小鳥の影が　あらわれて
力強い影の舞を　自在に　まいつづける
やがて　小鳥の群れが　空から消えた頃
あれほど明るかった
むこうの空や　地平の辺りに
夕暮れの色が　にじみ出し
草原や　田畑の影に　かくれていたような
家々に　黄色い灯りがともっていて
あの辺りに　人家があったことに
気づかせてくれる
遠い人家の灯りは
夕ぐれの星のように　またたく

さびしい季節

さくらちるころ　さびしい季節
まぶしい夕日に　花びらが
赤く染まって　ちってゆく

夏がさるころ　さびしい季節
つくつくほうしの　せわしい声に
泳ぎたりない水着が　夕風にゆれている

木の葉のちるころ　さびしい季節
高い空に　はだかの枝が　ひろがって
いちょうの葉が　根元を黄色くそめている

年がさるころ　さびしい季節
人通りだけが　にぎやかな町に
一人むなしく　今年を見送る気分

Ⅲ　トンボたち

白い蝶《ちょう》

ゆめ　ゆめ　ゆめ　ゆめ
真昼《まひる》のゆめ
白いちょうちょうが　あらわれて
この世《よ》を　ゆめの世界《せかい》に
かえている
ゆめ　ゆめ　ゆめ　ゆめ
白いゆめ
白いちょうちょうが
とんでいる

トンボ

トンボ　トンボ
トンボが　空高く　とんでゆく
子どもが帰る　一人ぼっちで
夕日はあかい　真っ赤にあかい
日暮れはちかい　子どもがかえる
トンボ　トンボ　トンボ
トンボが高く　空にいる

オニヤンマ

空にあらわれた
姿《すがた》が
ぐんぐん　大きくなって
近《ちか》づいてくる
光《ひか》る緑《みどり》色の目《め》玉《だま》　輝《かがや》く羽《は》根《ね》
黒いからだ
どうどうとした勇《ゆう》姿《し》に　圧《あっ》倒《とう》されて
立ち止《ど》まると
オニヤンマは
私《わたし》の頭《あたま》の上《うえ》を　飛《と》びこして行く

と　間《ま》もなくして
オニヤンマは　U《ユー》ターンしてくる
ふたたび　私の上をとんで
夕日《ゆうひ》にそまりながら
今来《いまき》た道を
ゆうゆうと　引《ひ》き返《かえ》してゆく

トンボ二《ふた》ひら

（一）アオイトトンボ

林にかこまれた
湿地帯の　丈の低い草むら
草のなかから
青緑色《あおみどりいろ》の　小さな光のように
アオイトトンボが
浮かびあがってくる
草のうえの　空中にただよい
水に　姿をうつしたり
そして　アオイトトンボは
光が消えるように　きえていった

（二）赤トンボ

そーっと　そばに　近づくと
こんにちはと　トンボ　頭をさげる
ときどき　だあーれ　だれだと
頭をかしげる
かしこそうに　目玉をうごかし
うたがうように　目玉をかしげる

スズメガ

庭《にわ》におりてゆくと
部屋《へや》の明《あ》かりが　縁側《えんがわ》からぬけて
庭《にわ》に流《なが》れている
その明かりの　わずかな
照《て》り返《かえ》しをうけて
くさきょうちくとうなどの
花の影が　闇《やみ》のなかに
うすく浮《う》きでている
その花のうえを
ときどき　スズメガが
飛《と》び交《か》っているのが見えた
スズメガは　いそがしく　飛びながら
花のうえの空中《くうちゅう》に静止《せいし》したり
空中でわずかな距離《きょり》を
前進後退《ぜんしんこうたい》を繰《く》り返しながら

花の蜜《みつ》を吸《す》っている
時には　花の周《まわ》りの空中を
直線状《ちょくせんじょう》に滑《すべ》るように
大きく移動する
夜目《よめ》にも羽根《はね》と紡錘形《ぼうすいけい》の体が
こまかく　振動《しんどう》していた
スズメガは　一羽だったり
数羽だったりしたが
花の蜜をすうと
さっと飛びさっていった
月光《げっこう》の下《もと》で見る　スズメガの
飛翔《ひしょう》は　さらに幻想的《げんそうてき》であった
夏休みの夜に　ときどき見かける
光景《こうけい》であったが
スズメガを　見ることは
いつも不思議《ふしぎ》なものに
出会《であ》った気持《きも》ちに　させてくれた

とんぼ　静かに

とんぼ　静かに
飛んできて　とまり
また　静かに　さってゆく
風の化身《けしん》のように　風にのり
光りの　化身のように
輝きながら　飛んでゆく

とんぼの　もっている
静けさよ
とんぼ　じぶんの静けさを

水の上に　うつしている
その静けさは　とんぼの
生命から　きているように
とんぼ　静かに飛んでいる

虫の国から

黄蝶《きちょう》

黄色い蝶　一羽
秋の日差しのなかに　とびこんで
鮮やかな　黄色となって　あらわれて
黄色の　蝶灯《ちょうあか》りとなって飛んでゆく

ミンミンゼミ

家族そろって　耳鼻科《じびか》に　かよっています

アリ

小さな鉄亜鈴《てつあれい》が　つらなって　あるいてゆく

カ

小さくて　軽いせい
名前も　かなで　たった一字　カです
漢字で書いても　蚊と　一字ですが
この漢字には　文と
蚊の羽音が　入っていて
ブン　ブンと　聞こえます

セミ

わっとセミが　急に大声で鳴きだす
百メートル競走の　全力で
鳴き声が　疾走《しっそう》する
急に声がやむ　静かになった空
ジジッ　すてぜりふを残し
セミが空へ飛んでゆく

毛虫

毛ぎらい　されても　毛が　いっぱい

トンボの羽根

トンボの羽根　光る羽根
夕日にそまり
きらきら　きらきらと
トンボの羽根　すける羽根
光の海で
ひらひら　ひらひらと

ツクツクホウシ

ウオッシュ　ウオッシュ　ウオッシュと
鳴き始めは　大きな声で
大きな車を　廻しだし
後《うしろ》のほうでは　小さな声で
シュル　シュル　シュルと
小さな車を　回転させて
そして　声がとぎれます
夕方　ツクツクホウシの鳴き声と
暑さが　綱引《つなひ》きしています
ツクツクホウシの鳴き声に　負けて
夕暮れの暑さが　引いてゆきます

クモ

クモの巣《す》は　クモのトランポリンだと
思っていたら
ほかの虫がきて
トランポリンをしています

テントウ虫

はるかに高い　太陽にも負けずに
草の葉のうえで　星を散らした
背中を輝かせている
小さな赤い灯りです

ムカデ

足が　一〇〇本以上もあって
ざわざわ　さわさわ　動いていれば
ムカデだって
それぞれの足たちの　注文《ちゅうもん》なんか
どうにも　聞いてはいられない
後ろの足たちは
前に出ようとしているし
前の足たちは　追い抜《ぬ》かれて
たまるかと　けんめいだ
時には　休みたいとも言っている

真ん中ぐらいの　足たちは
どうしていいか　分からない
勝手《かって》にしろと　動いている
それで　ムカデは　ぐにゃ　ぐにゃと
まがって　くねって
いそがしく　走《はし》ってゆく

（新しい日本の少年詩Ⅱ　２００５年に掲載）

Ⅳ　水の生き物

シオマネキ

砂浜で　シオマネキが
かぞえています
小さな郎党したがえて
はさみの数を　かぞえています
天に　はさみを　交互にかざし
大きなはさみは　はい　一つ
小さなはさみが　はい　一つ
家来みんなで　かぞえます
数を　おぼえられないシオマネキ
また　はさみを上にかざし

大きなはさみは　はい　一つ
小さなはさみが　はい　一つ
みんなが　そろって　かぞえます
夕方がきて　赤い日が海に沈むころ
シオマネキは　まだかぞえています
大きなはさみは　はい　一つ
小さなはさみが　はい　一つ

サメ

サメは　大洋をこえて　やってくる
波頭《はとう》の下をもぐって
はるばると　海原をやってくるのだ
ナイフの刃先《はさき》のような　鋭い顔を
大きな体の先頭に押しだし
どうどうと　おくすることなく
背びれを　高くたてて
船と船の　あいだをぬけ
島と島との　あいだをとおり
人間のいる　陸地をめざし

サメの誇《ほこ》りのために
鳴りひびく　荒波の下を
大きな体を　ひらめかせ
群れながら　どうどうと
大海《たいかい》を　やってくるのだ

かえるは食べた

かえるが　長い舌をのばし
くるんで食べた
アリの味
アメ玉のような　味ですか
それとも
酸っぱい味ですか
かえるは　味わうためでしょう
目玉をつぶって　おりました

かえるが　すばやく舌をのばし

あっという間に　丸のみした
ハエの味
きたない味が　したですか
それとも
乾いた味が　したですか
かえるは　平気な顔をして
目玉をぱちくり　させました

かえるが　突然舌をのばし
知らん顔して　飲み込んだ
クモの味
綿菓子の味が　したですか
それとも
からんだ糸の　味ですか
かえるは　ゆっくり手をのばし
姿勢を　こちらにかえました

水の生き物　Ⅰ

ハリセンボン

「針千本　のーまそう」と　いわれましたが
のみませんでした
のんだおぼえも　ないのに　体は　針だらけ

オコゼ

背中に　とげ　尾びれにも　腹びれにも
胸びれにも　とげがついていて
いつも　怒っている魚
オコゼ　オコゼ　おこっている

マンボウ

大きく円い魚　楽しい魚
ヘイ　マンボウ　踊っているわけじゃない
ゆったり　海にういていて　ゆーらゆーら
海のなかで　ゆれているだけで
ハイ　マンボウ　きらくです

ハコフグ

ふぐの仲間で　箱のように　四角い体
ちょんまげのような　尾びれを
どんなに　引っぱっても
引き出しは　出てきません

ヤドカリ

たった一つ　宿かりた　だいじだ　だいじだ
宿をかついで　逃げてゆく

カレイ

海の底で寝ていたら　水圧のせいか
平べったくなったのです
うそだと思うなら　海底でねていてください

ハゼ

すぐに釣り竿の　餌に食いつく
ハゼは自分でも　なぜかわからない
だから　すぐに食いつく

ヘイケガニ

誰だ　背中に彫ったのは
しかめっ面した　人間の顔を
平家か源氏か　それとも親か先祖か

クラゲ

波が　ながい　ながい間　海の水を
もみ洗いしていたら　ところどころで
海水が　かたまってきました

ドジョウ

泥のなかに　逃げこんで　水のなかに
小さな泥の水煙を　あげている
泥鉄砲です

ミズスマシ

水面を　コマが　くるくる　くるくる
すべってゆく
くるくる　くるくる　目がまわる

アメンボウ

皆さんは　アメンボウを　水上の
スケート選手に　良くたとえますが
私は　空も飛べるんですぜ

アンコウ

とろけたような内臓や筋肉を
皮膚の袋のなかに押しこんで
ようやく縫い合わせました
その皮膚も　どろどろしていて　すぐに
あっちこっち　垂れ下がってきます

水の生き物　II

カワハギ

口を　とがらせている
魚にしては　ひょっとこ面《づら》
文句があるから　この顔だ
文句がなくても　この顔だ

ムラサキウニ

真ん丸い形のうえに　長く鋭い刺《とげ》を
満面にすき間なく植えました
その技《わざ》に脱帽《だつぼう》

スナガニ

いつも砂のなかに　埋《う》まって
生きている　小さなカニ
これが　本当の生き埋めです

フジツボ

三角錐《すい》の形をした　小さな貝
潮が引くと小さな城　潮が満ちてくると
貝の先端が開いて　出てきた花びらが
水のなかで　ゆれている

ナマコ

ナマケのナマ　ナマミのナマ　ナマニエのナマ
ナマグサのナマ　ナマ生キのナマ　ナマモノの
ナマ　ナマハンカのナマ　ナマゴロシのナマ
ナマコにはこのナマのどれもが当てはまる

イカ

海のなかを　集団で　光る矢のように
流れてゆく　イカの一匹　一匹が
半透明に　きらめいて　流れる

タコ

海のなかの流れに乗っているように
横に長くなって　泳いでゆく
頭が丸くても　スピードには関係ない
噴水《ふんすい》力をつかって　進んでゆく

ウナギ

口から　しっぽまで　細長い
水道ホースのような魚
その中を　長い腸と背骨が一本

お尻《しり》まで通《とお》っています

メダカ

小さな　小さな　淡水《たんすい》の魚
片カナのノの字の形して
ツ　ツ　と　そろって　およぐ
ノの字の形が　ツ　ツ　と
そろって　もどってくる
ノの字の形で　ツ　ツ　ツ　と
そろって　水面に
餌をたべに　寄ってくる

エイ

誰を座らせる　わけでもないのに
座布団《ざぶとん》の形をしています
海の底で　誰かに踏んづけ

られる　かもしれない魚
持ち運びに不便だと　長い紐《ひも》が
ついています

オットセイ
大きな声で　オ　オ　オ
オッ　オッ　オッと　鳴いています
そのあと　トセイと続けて
名前が全部言えるには　あとどれ位
時間が　かかるのでしょう

V　吹雪のやんだ夜

夜《よ》なかの時計《とけい》

ジッチョ　ジッチョ　ジッチョ　ジッチョ
どうして　どうして
ジッチョ　ジッチョ
どうして　どうして
夜《よる》の夜《よ》なかを　ぼく　うごく
夜《よ》なかの時計《とけい》が　そう　いいながら
うごいています

ジッチョ　ジッチョ　ジッチョ　ジッチョ
どうして　どうして
ジッチョ　ジッチョ
どうして　どうして
ねむたい夜を　ぼく　やすめない
夜《よ》なかの時計が　そう　うたいながら
あるいています

にんじゃと殿様《とのさま》

お城《しろ》のてんじょうで　おとがする
なんじゃと　殿様《とのさま》こえかけた
にんじゃは　しずかに　ひそんでいる
かんじゃか　であえと　殿様のこえ
にんじゃは　しずかに
そんなもんじゃと　へんじした
殿様びっくり　おおあわて
どこじゃ　どこじゃと　さがさせた
なんじゃ　かんじゃと　さがしてみても
とうとう　にんじゃは　つかまらない
殿様おこった　かんかんじゃ

にんじゃは　つかまるの
いやじゃ　いやじゃ　いやなんじゃと
こころのなかで　つぶやいて
どんなもんじゃ　こんなもんじゃと
ひっそり　こっそり
すがたを　けしたのじゃ
殿様にとって
とんでもない　ことじゃった

（新しい日本の少年詩Ⅲ　２００７年に掲載）

夕《ゆう》ぐれどき

夕ぐれどきに
気《き》づきます
何《なに》か忘《わす》れ物《もの》をしたことに
木《こ》の葉《は》も
忘れ物をさがしに
落《お》ちてゆきます
一番星《いちばんぼし》も　目《め》をあけて
忘れ物を
見《み》つけようとしています
小鳥《ことり》たちも
地面《じめん》のうえで
こずえのなかで
さわがしく

忘れ物を　さがしています
ねこも　とんぼも
ちょうちょうも
夕ぐれどきに
忘れ物を　さがしにゆきます
忘れ物って　なに
それは　なにか
おしえてもらえませんが
そして
はなやかに　さびしげに
夕ぐれどきが　忘れ物を
見つけられずに　さったあと
夜《よる》の闇《やみ》には
忘れ物を　見つけられなかった
さびしさだけが
のこっています

夕《ゆう》ぐれの歌

一日が　終わりに近づくと
天は　太陽に
夕ぐれを　うたわせる
太陽の歌は
空をあかね色にそめ
海をかぎりなく　かがやかす
太陽は　真っ赤な口をあけ
光の汗を　ふりしぼり
夕ぐれのときを
ひとり　うたう
海辺から眺める

空は
赤色から　赤紫へとうつろい
空の雲は　静かにひるがえり
踊りながら
少しずつ姿と色をかえ
遠くの空へと
ゆっくりと去ってゆく

海は　たぎるように
さざめきながら
金色から
赤味がかった金色へと
輝きをかえる
やがて　水平線に近くなった

太陽からはっした
一本の光の道は
真っ直ぐに　海原をとおり
こちらの岸辺をさして
かがやく

今日の終わりに
最後の力をふりしぼり
太陽はうたう
今日一日のかたみの歌
夕ぐれの歌を

かみなり

突然　木《こ》の葉を　屋根を鳴《な》らし
地面をたたいて
暗くなった空から
大粒の雨が　落ちてくる
地面では　たちまち雨の染《し》みが
広がり　小さな流れや
水溜まりが　できてゆく
雨の音が一層強くなり　耳をふさいで
ざあざあと　降りしきる
風は吹き荒れ
雨足《あまあし》は　右へ　左へ
集団で　踊っているような
足取りで　白くしぶきを上げて
走っていっては　戻ってくる

雨の降りしきるなか
上空《じょうくう》から　青紫色《あおむらさきいろ》の光が
辺《あた》り一面《いちめん》を　一瞬《いっしゅん》染《そ》めて
射《さ》してくると

とたんに　空を壊《こわ》すばかりに
ガラガラガラと
雷《かみなり》が　なり響《ひび》く
雷鳴《らいめい》は　すぐに消えて
静かになった空を
次の黄色い稲妻《いなずま》が
黒い空の幕を　切りさいて
のこぎりの歯《は》のような　光の筋が
空に　細い亀裂《きれつ》をいれて走ってゆく
その後を　追って

ガラガラガラと　雷鳴の大車輪《だいしゃりん》が
地上を圧《あっ》する　響きをたてて
鳴りわたる
雷鳴も　すぐに消えて
短い静かな時がくる
それが過ぎると
次の雷が　暗い空に撃《う》ってでる
黒雲《くろくも》の　裂《さ》け目から　裂け目へと
目もくらむ　黄色い閃光《せんこう》が
細い百足《むかで》のように
空をうねって　走ってゆく
続いて　雷鳴が　恐ろしげに　そう快《かい》に
家々を振動《しんどう》させて　鳴り響く
ガラガラガラ　ガッターン

空も地上も　おれの物
雷は光り　そして
空を震《ふる》わせ　鳴り響く
ガラガラガラ　ダッターン
あらあらしく　そう快に
光と音の饗宴《きょうえん》は　小気味《こきみ》よいほどに
天の気持ちの　すむままに
自由自在に　荒れ狂い
空で　猛《たけ》りの技《わざ》をくり返す
急に　雨が小降りに
なってきたと思うと
雷の猛りの時《とき》は　過ぎていて
ただ　雨だけが　まばらに
うす明るくなった　空の下
終点も　間近なように　落ちている

霧《きり》の夜《よる》

霧の夜は
外灯《がいとう》の明《あ》かりを
どれも
小《ちい》さなガラス玉《だま》のなかに
とじこめている

夜霧《よぎり》のなかをゆく
自動車《じどうしゃ》は
霧のなかに
光《ひかり》のトンネルを
つくって
そのなかを　走《はし》ってゆく

ぼんおどり

一年で　いちばん華《はな》やかな夜
八幡様《はちまんさま》の盆踊《ぼんおど》り
人々は　昼間から
にぎやかに　境内《けいだい》に　集まりだし
境内のなかほどの　やぐらでは
練習で　太鼓《たいこ》をたたく人　それを囲んで
まばらに　踊ってみる人たち
夜になると　一年のうちで
本当に　明るい夜がくる
夜店には灯《あか》りがはいり　店々を　人々を

あかあかと　あやしく照らし
店先の売り物が　魅力《みりょく》をもって輝《かがや》きだす
張り巡《めぐ》らされた　赤い提灯《ちょうちん》や万国旗《ばんこくき》がゆれ
店の灯りや　提灯や外灯《がいとう》の光は
闇《やみ》にまぎれ　夜をだんだらに染《そ》めている
盆踊りの曲にのって
人々のつくる輪のなかで
提灯の光をうけて　踊りの輪がまわる
大人がおどり　浴衣《ゆかた》の女性や
少女がおどり　子供たちがおどる
踊りがつくる　光のまぶしさのなか
浮き沈みする　金魚のように
少女たちは　赤い模様《もよう》の浴衣《ゆかた》を
ひるがえして　その姿をきわだたせる

小さな子供たちは　光から闇のなかへと
走りこみ　また光のなかに現れる
そのたびに　親たちに追いかけられている
盆踊りは　人々の祭り
晴れやかに　人々がおどり
盆踊りは光と影の祭り
晴れやかに　光がおどり
そして　ひそかには　影もおどる
夜が更《ふ》けて　盆踊りの夜がおわる
おわった後の　夜の闇は暗い
盆踊りが　おわってからの
二、三日は　昼も　夜も
八幡様は　忘れさられたように　さびしい

吹雪のやんだ夜

夜が更けてくると
先ほどまで　風に耐えきれないように
ひゅー　びゅー　ひゅーと　泣いていた
電線の悲鳴《ひめい》がやんでいる
気がつくと　屋根や戸や窓を
たたいていた風の音もしていない
「それっ　風呂に行こう」
雪が外から押さえている
戸を　無理に引き開けて
洗面具を　それぞれ手にして

家族みんなが　外へ踏《ふ》みだす
外が一面真っ白になって
闇のなかに見える
高く積もった　柔らかい雪道に
足をとられて　転びそうになりながら
下駄《げた》や長靴が　急いでゆく
外はいつもの夜よりも　ひどく凍えていた
道の角を曲ろうとすると
そこに立っている　外灯は
いつもの黄色く淋しい　外灯ではなく
真っ白い光の柱となって
異様に明るく輝いている
吹雪が作っていった　雪の囲いが
壁と外灯の間で　外灯の背を

半円形に　おおい
その辺りが　洞穴《ほらあな》に光線の束《たば》が
落ちているように
また　外灯そのものが　一個の白熱した
電球になったかのように　輝いていて
そばを通る人たちを　圧倒した
円い光の輪のなかに　立って
外灯の光を眺めてから　そこを曲って
大人や子供の長靴や　女の下駄は
輝く光に　見送られ　暗い闇へと
小走《こばし》りに　急いでいった

あとがき

私は、自然が好きで、その素晴らしさにふれて、自然の詩を中心に書いてきました。この間、年をとるにつれて、自然の詩を書くことの難しさも少し分かってきたような気がしています。

いつも、自然は魅力的ですし、少しでも自然に近づけるような作品を書いて行きたいと願っております。

前回、平成9年の秋に第二詩集の「かえるの国」を出版してから今年で12年になります。この間の作品を中心に、今回の詩集をまとめました。

この間の織音の会（詩誌名：おりおん）同人の皆様の激励には感謝をしております。

最後に、装画や挿し絵を描いて下さった小倉玲子様と、本詩集の出版のために、種々御手配を下さった出版社てらいんくの佐相様、および御支援下さった皆様に心から御礼を申し上げます。

平成21年7月

池田あきつ

池田あきつ（池田　澄雄《すみお》）

1932年、北海道生まれ。少年詩誌「織音の会」同人。

詩集に、「天気雨」1991年と「かえるの国」1997年（共に教育出版センター）がある。

共著に、「音読の森１年、３年、４年」(教育同人社)、「新・詩のランドセル４ねん」(らくだ出版株式会社）等がある。

住所　〒189-0024　東村山市富士見町1-5-4 204

小倉玲子（おぐら　れいこ）
広島県出身
東京芸術大学日本画科大学院修了。
壁画オリックス神保町ビル陶壁画。
北九州サンビルモザイク壁画ほか数点制作。
絵本「るすばんできるかな」ほか。

子ども　詩のポケット 36
さくらとトンボの国から
池田あきつ詩集

発行日　二〇〇九年七月二十日　初版第一刷発行
著　者　池田あきつ
装挿画　小倉玲子
発行者　佐相美佐枝
発行所　株式会社てらいんく
〒二一五-〇〇〇七　川崎市麻生区向原三-一四-七
ＴＥＬ　〇四四-九五三-一八二八
ＦＡＸ　〇四四-九五九-一八〇三
振替　〇〇二五〇-〇-八五四七二
印刷所　株式会社厚徳社
2009 Printed in Japan

ISBN978-4-86261-052-2 C8392
落丁・乱丁のお取り替えは送料小社負担でいたします。
直接小社制作部までお送りください。